Johanna Stange (Hg.)

Der doppelte Weihnachtsmann

Johanna Stange (Hg.)

Der doppelte Weihnachtsmann

und andere Weihnachtsgeschichten

Kaufmann Verlag

Bibliografische Information Der Deutschen Bibliothek

Die Deutsche Bibliothek verzeichnet diese Publikation in der Deutschen Nationalbibliografie; detaillierte bibliografische Daten sind im Internet über http://dnb.ddb.de abrufbar.

1. Auflage 2011

Umschlagabbildung: ©ultramarin, Fotolia.com
Druck und Bindung: CPI Books, Ulm
ISBN 978-3-7806-3128-2

Inhalt

Der Laden zur letzten Hoffnung

Jedes deiner Jahre beginnt mit umfassender Entspannung. Alles ist geschenkt. Niemand hat mehr was zu bekommen. Bis Weihnachten: ein Jahr! Und in diesem Jahr wirst du Weihnachtsgeschenke nicht kurz vorm Fest kaufen wie bisher, sondern übers Jahr verteilt erwerben. Hier was mitnehmen, da was auswählen, dort was bestellen. Sehr locker sein.

Dann vergehen Wochen, Monate. Weihnachten hast du im Griff, denkst du. Weihnachten ist weit. Nach den Sommerferien ruft Mutter an: Was du dir zu Weihnachten wünschst? Sie wolle allmählich … Plane gern … Fahre zur Kur vorher …

Da steigt ein Gefühl in dir hoch. Weihnachten! Schon will man wissen, was du dir wünschst. Dass Weihnachten nicht komme, wünschst du dir. Oder nicht so bald. Noch drei Monate! Anfang Oktober: die Kataloge, Philip Morris Design Shop. Manufactum. Heine, formschöne Saftpressen, unbesiegbare Radiowerke, Füllfederhalter, dick wie

Maiskolben. Da wird man in der Not was kriegen. Das ist dein Netz. Das entspannt dich wieder.

Dann aber der Dezember. Komischerweise hast du da immer besonders viel Arbeit. Eines Abends fragst du deine Frau, was sie sich wünsche. (Vielleicht sagt sie ja was.) Im September hat sie mal gesagt, was sie sich wünsche, so en passant. Das hast du vergessen. Sie, jetzt schnippisch. Ob dir nichts einfalle? Natüüüüürlich, sagst du, wolltest nur wissen, ob zusätzlich zu dem, was du bereits habest, noch ein klitzekleiner Wunsch da sei … Nein, nichts. Sie freue sich auf die Überraschung. Ächz. Ein Fehler! Der Druck wird groß. Du spürst ihn, oh, wie du ihn spürst. Du kaufst jetzt kleinere Dinge, Onkel, Tanten. Dann die schwierigeren, Schwiegereltern. Den Sohn, dafür sorgt deine Frau. Und deine Frau selbst? Noch drei Tage. Du hast nichts. Du musst den Christbaum. Und den Wein … Noch zwei Tage. Mal in die Schmuckgeschäfte! Letztes Jahr hast du ihr einen Ring geschenkt, vorletztes eine Kette. Diesmal: Armreif?

Armreife sind schwierig. Die Schmuckidioten machen alles Mögliche, nur keine guten

Armreife. Alles mächtig, fett, protzig. Nichts Feines, Zartes, das ihre Persönlichkeit, ihr Fühlen träfe. Noch einen Tag. Vor sechs Monaten hast du einen tollen Reif gesehen. Hast aber nicht an Weihnachten gedacht. Idiooooott! jetzt gibt es nichts. Warum musstest du dich auf Armreife festlegen? Bist nicht flexibel genug. Steckst nun in der Sackgasse.

In der Maximilianstraße hast du mal was Schönes für sie gekauft. Arschteuer. Schweißausbruchteuer.

Egal jetzt. Noch zwei Stunden! Du kannst nicht ohne was kommen. Kannst ihr keinen Gutschein geben. Kannst nicht sagen, das Geschenk sei gestohlen worden. Kannst nicht sagen, auf der ganzen Welt gebe es keinen Gegenstand, schön genug für sie. Ob der Laden noch offen hat? Du schwitzt. Kann sein, dass heute Abend alles zu Ende ist. Dass deine Hände leer sein werden. Dass es dein letztes Weihnachten ist. Dass sie weint. Dass dein Sohn sie trösten muss.

Du stürzt ins Geschäft. Der Laden zur letzten Hoffnung. Geben Sie mir einem Armreif, Mann! Sie haben nur noch diesen einen? HER! Hier geht's um die Existenz. Du wirst sagen, dass er zu ihr passt. Du weißt genau, dass er nicht zu ihr passt. Du weißt, dass sie das auch sagen wird. Du wirst sagen, dass du es anders siehst. Wirst quatschen. Dass der klobige Reif ihre Zartheit betont. Die Eleganz ihres Handgelenks hervorhebt. Dali aus diesem Widerspruch Spannung erwächst. Dass du das schön findest. Kann man umtauschen? Kann man. Wird man. Ich komme wieder. Erst mal schenken. Das ist jetzt das Wichtigste. Nächstes Jahr wirst du die Geschenke übers Jahr verteilt kaufen. Hier was mitnehmen, da was auswählen, dort was bestellen. Sehr locker sein. Nächstes Jahr.

Wie der Weihnachtsmann einmal ohne Bart auf die Erde kam

Ein dunkelhäutiger Junge stand am Schaufenster eines Spielzeugladens. Er weinte bitter, nur wenn sein verschwommener Blick über ein Spielzeug nach dem anderen glitt, beruhigte er sich etwas. Zwei größere Jungen hatten ihn kurz zuvor ins Gesicht geschlagen, kein Passant hatte ihm beigestanden. Wegrennen und sich die Schläge ersparen, das hatte er nicht können, weil er auf seine Mutter warten musste, die in den Waschsalon gegangen war, wo sie sich auf eine freie Stelle bewerben wollte. Sie hatte ihm ein kleines Geschenk versprochen, wenn sie erfolgreich sein würde.

Das rechte Ohr des Jungen schmerzte. Er weinte jetzt lautlos und starrte einen bunten Tretroller an, der verführerisch durch seine Tränen schimmerte. Der Junge schniefte, in Gedanken sah er sich für einen Augenblick auf dem heiß ersehnten Tretroller durch die Lüfte sausen.

Passanten hasteten vorüber, an der Sehnsucht und Trauer des Jungen vorbei. Es

weihnachtete sehr. Selma, die Frau des Weihnachtsmanns, saß hinter ihrem Fernrohr und ließ ihren Blick über die Straßen und Häuser, Länder und Kontinente streifen. Immer wieder hielt sie bei Kindern an.
„Schau dir diesen armen Jungen an“, sprach sie leise und bekümmert, als sie den Jungen vor dem Schaufenster ins Visier bekam. Keine Reaktion. Ihr Mann schnarchte leise in seinem Sessel neben ihr. Lächelnd schüttelte sie den Kopf.
Manchmal fragte sie sich, ob dieser Mann noch der Mann war, den sie geheiratet hatte, jener magere Mensch, dessen Herz ein liebevoller Herd der Unruhe war. War dieser Mann auf einer seiner Erdmissionen umgekommen, hatte ihr der Herr der Welten statt seiner diesen rotbackigen Mann geschickt, der selig neben ihr hindämmerte? Vieles an ihm war so anders geworden. Nicht nur Mantel und Zipfelmütze hatten sein Aussehen verändert.
Früher war er über Monate fort, auf allen Kontinenten unterwegs, um vom südlichen Zipfel Südafrikas bis zur kleinsten Hütte in Grönland die Wünsche der Menschen kennenzulernen. Ausgelaugt und abgemagert

kam er jedes Mal von seinen Reisen zurück, hatte viel zu erzählen und wurde von Selma verwöhnt, damit er wieder zu Kräften kam. Selma hatte seine Aufregung genossen, vor allem wenn er vom Lachen der Kinder erzahlte. Nun aber kam er immer schon zurück, noch bevor sich bei Selma die ihr früher so vertraute Sehnsucht nach ihm einstellen konnte.

„Woher hast du diesen schönen Mantel?", hatte ihn Selma damals gefragt, als er zum ersten Mal mit dem roten Mantel vor ihr stand.

„Großzügige Leute hatten Mitleid mit mir, als sie mich in meinem alten, abgewetzten Mantel sahen. Sie haben mir den hier geschenkt und werden mir jährlich einen neuen schenken, damit ich in Zukunft immer gut angezogen bin."

„Waren das Kinder?", fragte sie neugierig.

„Nein, es waren zwei Herren, sehr vornehme Leute", erwiderte er respektvoll.

„Das sind aber liebe Menschen. Hast du sie gefragt, warum sie so großzügig sind?"

„Nein, mein Vater brachte mir bei, dass Neugier bei Geschenken Undankbarkeit ist."

„Merkwürdig, für meine Mutter waren Neu-

gier und Klugheit Zwillingsschwestern."
Als Selma dann den Schlitten ihres Mannes ausräumte und die Rentiere in den Stall bringen wollte, entdeckte sie mehrere leere Flaschen, die auf dem Boden des Schlittens lagen. Sie trugen einen rotweißen Aufdruck – genau die Farben des neuen Mantels.
Als Selmas Mann das nächste Mal zurückkam, brachte er die erste rote Kiste mit. Und jedes Jahr lud er, gewichtig und rotbackig grinsend, mehr dieser Kisten aus dem Schlitten, rote Kisten mit Flaschen, die ein merkwürdiges dunkles Getränk enthielten. Nur einmal hat sie es probiert, es war klebrig, prickelnd auf der Zunge und schmeckte sauersüß, schon nach dem ersten Schluck entfuhr ihr ein lauter Rülpser. Selma mochte das Zeug nicht, ihr Mann dagegen sehr. Er trank es zu allen Mahlzeiten und wurde immer fetter und träger.
Früher, da konnte er noch so müde sein, wenn er ein weinendes Kind sah, brach er blitzschnell noch einmal mit seinem Schlitten auf. Heute schnarchte er viel, auch bei noch so viel Leid! Wann war es gewesen, dass er nicht mehr nach Afrika wollte, weil er angeblich Angst vor Epidemien hatte?

Wann hatte er Nord- und Südpol von seiner Reiseroute gestrichen, Weil man dort angeblich seine Rentiere jagte, um sie zu essen? Und seit wann kümmerte er sich nicht mehr um die Menschen in China, Korea, Japan, Südostasien und Arabien? Weil sie angeblich dort nicht den rechten Glauben hatten? Das alles wusste Selma nicht mehr genau. Auch konnte sie jenes Jahr nicht mehr genau bestimmen, in dem er ihr mitteilte, dass er deshalb schon zurück sei, weil er auch in den wenigen Ländern, die er noch aufsuchte, manche Orte und Stadtviertel mied, um seinen schönen Mantel nicht schmutzig zu machen.

Dieses Jahr aber geschah es zum ersten Mal, dass er nicht mehr mit ihr am Fernrohr sitzen und die Erde nach unglücklichen Kindern absuchen wollte. Nein, das war nicht ihr Mann! Ihr Mann hatte ein aufgewühltes, leicht entflammbares Herz und einen kleinen zerzausten, grauen Bart gehabt. Neben ihr im Sessel aber schnarchte am helllichten Tag ein träger Dickwanst, dessen Gesicht von einem schneeweißen lockigen Rauschebart umwuchert wurde. Vielleicht war der ja gar nicht echt. Selma schlich leise zu

ihrem Mann und zog vorsichtig an seinem Bart. Der Weihnachtsmann öffnete seine Augen. Sie waren rot vor Müdigkeit: „Hm", brummte er nur etwas verwundert. Seine Frau lächelte ihn an.
Er schlief weiter. Der Bart zumindest war also echt.
Sie schaute ihren Weihnachts-Mann lange und aufmerksam an: Sein Bauch wölbte sich weit über den Hosenbund, der offene Mantel hing rechts und links herab, die Zipfelmütze war verrutscht und hing schief über der Glatze. Nur eine kleine Narbe auf seiner Stirn bezeugte, dass dies wirklich ihr Mann war. Selma wusste noch den Tag, an dem er sich die Narbe eingehandelt hatte. Sie lächelte ihren Zweifel weg. Anstrengend waren seine Reisen früher gewesen, und nicht selten waren ihm die Geschenke unterwegs ausgegangen. Er musste oft seine ganze Kunst bemühen, um den Kindern aller Länder Freude zu bringen.
Einmal war er sogar gezwungen, ein ganzes Spielzeuglager auszurauben, um Kindern ein Lachen schenken zu können. Gott tadelte ihn später dafür, wenn auch halb schmunzelnd und bewundernd. Und ihr Mann war

aufrecht mit erhobener Stirn dagestanden und hatte mit fester Stimme gesagt: „Für das Lachen eines Kindes bin ich bereit, allen Tadel auf mich zu nehmen."

Das gefiel dem Herrn der Welten.

Als Selma ihren Mann vor ein paar Tagen gefragt hatte, ob er in diesem Jahr etwas Besonderes erlebt hatte, hatte er gähnend geantwortet: „Nein, alles wie im letzten Jahr. Es wird viel gekauft und verkauft."

War es die Ermüdung der Jahre, die das Wunder kindlichen Lachens verblassen ließ? „Die Kinder", hatte ihr Mann hinzugefügt, „empfinden keinerlei Freude mehr an ihren Geschenken, sondern nur noch am Aufreißen der Verpackungen. Der Renner der Weihnachtssaison war eine „Kartonbabuschka" gewesen, ein großer Karton, der mit buntem Papier umwickelt war. Wenn das Kind diesen auseinander riss, entdeckte es in seinem Inneren einen kleineren Karton, der wieder in ein anderes buntes Papier gewickelt war. Bis zu dreißig Schachteln waren manchmal ineinander gepackt. „Eines der Kinder", erzählte er und lachte fast höhnisch, „war nach dem zwanzigsten Paket wie im Rausch und zerriss alles, was bunt

war und sich nicht bewegte. Es griff sich wie wild die Vorhänge, Kissen, Bücher und zerriss und zerriss, bis es seine Eltern unter die kalte Dusche stellten. Erst da kam das Kind zu sich und fing an zu weinen."
„Die Kinder kennen das Paradies des Lachens nicht mehr", hatte er noch gemurmelt, bevor er in seinen Sessel fiel. Seine Stimme hatte alt und resigniert geklungen …
Selma sah wieder durch das Fernrohr und stellte die Linsen scharf auf den Jungen, der immer noch am Schaufenster stand und weinte. „Und ob die Kinder das Paradies des Lachens noch kennen", flüsterte sie ihrem schlafenden Mann entschlossen zu und raste davon.
Niemand wusste, wie das alles geschehen war, am allerwenigsten die Mutter des farbigen Jungen, die gerade aus dem Waschsalon herauskam. Sie hielt kurz inne.
Ihr Junge stand, über das ganze Gesicht strahlend, neben einem bunten Tretroller.
„Woher hast du den?", fragte sie voller Sorge, als sie das teure Spielzeug entdeckte.
„Den hat mir der Weihnachtsmann gegeben." Sagte der Junge. Die Mutter stutzte, aber nur einen Augenblick lang, dann zuckte sie

mit den Schultern. Leichtfüßig schwang ihr Junge sich auf seinen Roller und fuhr jauchzend vor Freude neben ihr her.

Sie gönnte ihrem Kind alle Freude der Welt. „Und er hatte keinen Bart!“, sagte der Junge verwundert, aber seine Mutter hörte ihn im Lärm der Straße nicht. „Welch ein Glück“, sagte sie und war froh, dass sie gerade die Stelle im Waschsalon bekommen hatte.

Der allererste Weihnachtsbaum

Der Weihnachtsmann ging durch den Wald. Er war ärgerlich. Sein weißer Spitz, der sonst immer lustig bellend vor ihm herlief, merkte das und schlich hinter seinem Herrn mit eingezogener Rute her.

Er hatte nämlich nicht mehr die rechte Freude an seiner Tätigkeit. Es war alle Jahre dasselbe. Es war kein Schwung mehr in der Sache. Spielzeug und Esswaren, das war auf die Dauer nichts. Die Kinder freuten sich wohl darüber, aber quieken sollten sie und jubeln und singen, so wollte er es, das taten sie aber nur selten.

Den ganzen Dezembermonat hatte der Weihnachtsmann schon darüber nachgegrübelt, was er wohl Neues erfinden könne, um einmal wieder eine rechte Weihnachtsfreude in die Kinderwelt zu bringen, eine Weihnachtsfreude, an der auch die Großen teilnehmen würden. Kostbarkeiten durften es aber auch nicht sein, denn er hatte soundso viel auszugeben und nicht mehr.

So stapfte er denn auch durch den verschneiten Wald, bis er auf dem Kreuzweg war. Dort wollte er das Christkindchen treffen. Mit dem beriet er sich nämlich immer über die Verteilung der Gaben.

Schon von Weitem sah er, dass das Christkindchen da war, denn ein heller Schein war dort. Das Christkindchen hatte ein langes weißes Pelzkleidchen an und lachte über das ganze Gesicht. Denn um es herum lagen große Bündel Kleeheu und Bohnenstiegen und Espen- und Weidenzweige, und daran taten sich die hungrigen Hirsche und Rehe und Hasen gütlich. Sogar für die Sauen gab es etwas: Kastanien, Eicheln und Rüben.

Der Weihnachtsmann nahm seinen Wolkenschieber ab und bot dem Christkindchen die Tageszeit. „Na, Alterchen, wie geht's?", fragte das Christkind. „Hast wohl schlechte Laune?"

Damit hakte es den Alten unter und ging mit ihm. Hinter ihnen trabte der kleine Spitz, aber er sah gar nicht mehr betrübt aus und hielt seinen Schwanz kühn in die Luft.

„Ja", sagte der Weihnachtsmann, „die ganze Sache macht mir so recht keinen Spaß mehr. Liegt es am Alter oder an sonst was, ich weiß nicht. Das mit den Pfefferkuchen und den

Äpfeln und Nüssen, das ist nichts mehr. Das essen sie auf, und dann ist das Beste vorbei. Man müsste etwas Neues erfinden, etwas, das nicht zum Essen und nicht zum Spielen ist, aber wobei Alt und Jung singt und lacht und fröhlich wird."

Das Christkindchen nickte und machte ein nachdenkliches Gesicht; dann sagte es: „Da hast du recht, Alter, mir ist das auch schon aufgefallen. Ich habe daran auch schon gedacht, aber das ist nicht so leicht."

„Das ist es ja gerade", knurrte der Weihnachtsmann, „ich bin zu alt und zu dumm dazu. Ich habe schon richtiges Kopfweh vom vielen Nachdenken, und es fällt mir doch nichts Vernünftiges ein. Wenn es so weitergeht, schläft allmählich die ganze Sache ein, und es wird ein Fest wie alle anderen, von dem die Menschen dann weiter nichts haben als Faulenzen, Essen und Trinken."

Nachdenklich gingen beide durch den weißen Winterwald, der Weihnachtsmann mit brummigem, das Christkindchen mit nachdenklichem Gesicht. Es war so still im Wald, kein Zweig rührte sich, nur wenn die Eule sich auf einen Ast setzte, fiel ein Stück

Schneebehang mit halblautem Ton herab. So kamen die beiden, den Spitz hinter sich, aus dem hohen Holz auf einen alten Kahlschlag, auf dem große und kleine Tannen standen. Das sah wunderschön aus. Der Mond schien hell und klar, alle Sterne leuchteten, der Schnee sah aus wie Silber, und die Tannen standen darin, schwarz und weiß, dass es eine Pracht war.

Eine fünf Fuß hohe Tanne, die allein im Vordergrund stand, sah besonders reizend aus. Sie war regelmäßig gewachsen, hatte auf jedem Zweig einen Schneestreifen, an den Zweigspitzen kleine Eiszapfen, und glitzerte und flimmerte nur so im Mondenschein.

Das Christkindchen ließ den Arm des Weihnachtsmannes los, stieß den Alten an, zeigte auf die Tanne und sagte: „Ist das nicht wunderhübsch?“

„Ja“, sagte der Alte, „aber was hilft mir das?“

„Gib ein paar Äpfel her“, sagte das Christkindchen, „ich habe da einen Gedanken.“

Der Weihnachtsmann machte ein dummes Gesicht, denn er konnte sich nicht recht vorstellen, dass das Christkind bei der Kälte Appetit auf die eiskalten Äpfel hatte. Er hatte zwar noch einen guten, alten Schnaps,

aber den mochte er dem Christkindchen nicht anbieten.
Er machte sein Tragband auf, stellte seine riesige Kiepe in den Schnee, kramte darin herum und langte ein paar recht schöne Äpfel heraus. Dann fasste er in die Tasche, holte sein Messer heraus, wetzte es an einem Buchenstamm und reichte es dem Christkindchen.
„Sieh, wie schlau du bist", sagte das Christkindchen.Nun schneid mal etwas Bindfaden in zwei fingerlange Stücke, und mach mir kleine Pflöckchen."
Dem Alten kam das alles etwas ulkig vor, aber er sagte nichts und tat, was das Christkind ihm sagte. Als er die Bindfäden und die Pflöckchen fertig hatte, nahm das Christkind einen Apfel und steckte ein Pflöckchen hinein, band den Faden daran und hängte den an einen Ast.
„So", sagte es dann, „nun müssen auch an die anderen welche, und dabei kannst du helfen, aber vorsichtig, dass kein Schnee abfällt!"
Der Alte half, obgleich er nicht wusste, warum. Aber es machte ihm sichtlich Spaß, und als die ganz kleine Tanne voll von rotbäcki-

gen Äpfeln hing, da trat er fünf Schritte zurück, lachte und sagte: „Kiek, wie niedlich das aussieht! Aber was hat das alles für'n Zweck?"

„Braucht denn alles gleich einen Zweck zu haben?", lachte das Christkind.

„Pass auf, das wird noch schöner. Nun gib mal die Nüsse her!"

Der Alte krabbelte aus seiner Kiepe Walnüsse heraus und gab sie dem Christkindchen. Das steckte in jedes ein Hölzchen, machte einen Faden daran, rieb immer eine Nuss an der goldenen Oberseite seiner Flügel, dann war die Nuss golden, und die nächste an der silbernen Unterseite seiner Flügel, dann hatte es eine silberne Nuss und hängte sie zwischen die Äpfel.

„Was sagst du nun, Alterchen?", fragte es dann. „Ist das nicht allerliebst?"

„Ja", sagte der, „aber ich weiß immer noch nicht ..."

„Kommt schon!", lachte das Christkindchen.

„Hast du Lichter?"

„Lichter nicht", meinte der Weihnachtsmann, „aber 'nen Wachsstock!"

„Das ist fein", sagte das Christkind, nahm den Wachsstock, zerschnitt ihn und drehte erst ein Stück um den Mitteltrieb des Bäumchens und die anderen Stöcke um die Zweigenden, bog sie hübsch gerade und sagte dann: „Feuerzeug hast du doch?“

„Gewiss“, sagte der Alte, holte Stein, Stahl und Schwammdose heraus, pinkte Feuer aus dem Stein, ließ den Zunder in der Schwefeldose zum Glimmen kommen und steckte ein paar Schwefelspäne an. Die gab er dem Christkindchen. Das nahm den hell brennenden Schwefelspan und steckte damit erst das oberste Licht an, dann das nächste davon rechts, dann das gegenüberliegende. Und rund um den Baum gehend, brachte es so ein Licht nach dem andern zum Brennen. Da stand nun das Bäumchen im Schnee; aus seinem halb verschneiten dunklen Gezweig sahen die roten Backen der Äpfel, die Gold- und Silbernüsse blitzten und funkelten, und die Wachskerzen brannten feierlich. Das Christkindchen lachte über das ganze rosige Gesicht und patschte in die Hände, der alte Weihnachtsmann sah gar nicht mehr so brummig aus, und der kleine weiße Spitz sprang hin und her und bellte.

Als die Lichter ein wenig heruntergebrannt waren, wehte das Christkindchen mit seinen goldsilbernen Flügeln, da gingen die Lichter aus. Es sagte dem Weihnachtsmann, er solle das Bäumchen vorsichtig absägen. Das tat er, und dann gingen beide den Berg hinab und nahmen das Bäumchen mit.

Als sie in den Ort kamen, schlief schon alles. Beim kleinsten Haus machten die beiden Halt. Das Christkind machte leise die Tür auf und trat ein; der Weihnachtsmann ging hinterher. In der Stube stand ein dreibeiniger Schemel mit einer durchlochten Platte. Den stellten sie auf den Tisch und steckten den Baum hinein. Der Weihnachtsmann legte noch allerhand schöne Dinge, Spielzeug, Kuchen, Äpfel und Nüsse unter den Baum, dann verließen die beiden das Haus so leise, wie sie es betreten hatten.

Als der Mann, dem das Häuschen gehörte, am andern Morgen erwachte und den bunten Baum sah, da staunte er und wusste nicht, was er dazu sagen sollte. Als er aber an dem Türpfosten, den des Christkinds Flügel gestreift hatte, Gold- und Silberflimmer hängen sah, da wusste er Bescheid. Er steckte die Lichter an dem Bäumchen an und weckte Frau und Kinder. Das war eine Freude in dem kleinen Hause wie an keinem Weihnachtstag. Keines der Kinder sah nach dem Spielzeug, nach dem Kuchen und den Äpfeln, sie sahen alle nur nach dem Lichterbaum. Sie fassten sich an den Händen, tanzten um den Baum und sangen alle Weihnachtslieder, die sie wussten.

Als es helllichter Tag geworden war, da kamen die Freunde und Verwandten des Bergmanns, sahen sich das Bäumchen an, freuten sich darüber und gingen gleich in den Wald, um sich für ihre Kinder auch ein Weihnachtsbäumchen zu holen. Die anderen Leute, die das sahen, machten es nach, jeder holte sich einen Tannenbaum und putzte ihn an, der eine so, der andere so, aber Lichter, Äpfel und Nüsse hängten sie alle daran.

Als es dann Abend wurde, brannte im ganzen Dorf Haus bei Haus ein Weihnachtsbaum, überall hörte man Weihnachtslieder und das Jubeln und Lachen der Kinder.

Von da aus ist der Weihnachtsbaum über ganz Deutschland gewandert und von da über die ganze Erde. Weil aber der erste Weihnachtsbaum am Morgen brannte, so wird in manchen Gegenden den Kindern morgens beschert.

Weihnachten in der Speisekammer

Unter der Türschwelle war ein kleines Loch. Dahinter saß die Maus Kiek und wartete. Sie wartete, bis der Hausherr die Stiefel aus- und die Uhr aufgezogen hatte; sie wartete, bis die Mutter ihr Schlüsselkörbchen auf den Nachttisch gestellt und die schlafenden Kinder noch einmal zugedeckt hatte; sie wartete auch noch, als alles dunkel war und tiefe Stille im Hause herrschte. Dann ging sie.

Bald wurde es in der Speisekammer lebendig. Kiek hatte die ganz Mäusefamilie benachrichtigt. Da kam Miek, die Mäusemutter, mit den fünf Kleinen, und Onkel Grisegrau und Tante Fellchen stellten sich auch ein.

„Frauchen, hier ist etwas Weiches, Süßes", sagte Kiek leise vom obersten Brett herunter zu Miek, „das ist etwas für die Kinder" und er teilte von den Mohnpielen aus. „Komm hierher Grisegrau", piepste Fellchen, und guckte hinter der Mehltonne vor, „hier gibt's Gänsebraten, vorzüglich, sag ich dir, die reine Hafermast; wie Nuss knuspert sich's." Grisegrau aber saß in der neuen Kiste in der Ecke, knabberte am Pfefferkuchen und ließ sich nicht stören. Die Mäusekinder balgten sich im Sandkasten und kriegten Mohnpielen. „Papa", sagte das größte, „meine Zähne sind schon scharf genug, ich möchte lieber knabbern, knabbern hört sich so hübsch an." „Ja, ja, wir wollen auch lieber knabbern", sagten alle Mäusekinder, „Mohnpielen sind uns zu matschig", und bald hörte man sie am Gänsebraten und am Pfefferkuchen. „Verderbt euch nicht den Magen", rief Fellchen, die Angst hatte, selber nicht genug zu kriegen, „an einem verdorbenen Magen kann man sterben." Die kleinen Mäuse sahen ihre Tante erschrocken an; sterben wollte sie ganz und gar nicht, das musste schrecklich sein. Vater Kiek beruhigte sie und erzählte ihnen von Gottlieb und Lenchen, die drinnen in ihren Betten lägen und ein hölzernes Pferdchen und eine Puppe im Arm hätten; und dass in der großen Stube ein mächtiger Baum stände mit Lichtern und buntem Flimmerstaat, und das es in der ganzen Wohnung herrlich nach frischem Kuchen röche, der aber im Glasschrank stände, und an den man nicht heran könnte. „Ach“, sagte Fellchen, „erzähle nicht so viel, lass die Kinder lieber essen. Die aber lachten die Tante mit dem dicken Bauch aus und wollte noch viel mehr wissen, mehr als der gute Kiek selbst wusste. Zuletzt bestanden sie darauf, auch einen Weihnachtsbaum zu haben, und die zärtlichen Mäuseeltern liefen wirklich in die Küche und zerrten einen Ast herbei, der von dem großen Tannenbaum abgeschnitten war. Das gab einen Hauptspaß. Die Mäusekinder quiekten vor entzücken und fingen an, an dem grünen Tannenholz zu knabbern; das schmeckte aber abscheulich nach Terpentin, und sie ließen es sein und kletterten lieber in dem Ast umher. Schließlich machten sie die ganze Speisekammer zu ihrem Spielplatz. Sie huschten hierhin und dorthin, machten Männchen, lugten neugierig über die Bretter in alle Winkel hinein, und spielten Versteck hinter den Gemüsebüchsen und Einmachtöpfen; was sollten sie auch mit dem dummen Weihnachtsbaum, an dem es nichts zu essen gab! Als aber das Kleinste ins Pflaumenmus gefallen war und von Mama Miek und Onkel Grisegrau abgeleckt werden musste, wurde ihnen das Umhertol-

len untersagt, und sie mussten wieder artig am Pfefferkuchen knabbern.
Am andern Morgen fand die alte Köchin kopfschüttelnd den Tannen-Ast in der Speisekammer und viele Krümel und noch etwas, was nicht gerade in die Speisekammer gehört, ihr werdet euch schon denken können was! Als Gottlieb und Lenchen in die Küche kamen, um der alten Marie guten Morgen zu wünschen, zeigte sie ihnen die Bescherung und meinte: „Die haben auch tüchtig Weihnachten gefeiert.“ Die Kinder aber tuschelten und lachten und holten einen Blumentopf. Sie pflanzten den Ast hinein und bekränzten ihn mit Zuckerwerk, aufgeknackten Nüssen, Honigkuchen und Speckstückchen. Die alte Marie brummte; da aber die Mutter lachend zuguckte, musste sie schon klein beigeben. Sie stellte alles andere sicher und ließ den kleinen Naschtieren nur ihren Weihnachtsbaum.
Die Kinder aber jubelten, als sie am zweiten Feiertage den Mäusebaum geplündert vorfanden und hätten gar zu gern auch ein Dankeschön von dem kleinen Volke gehört. Den guten Speck vergesse ich mein Lebtag nicht,“ sagte Fellchen, und Grisegrau biss

eine mitgebrachte Haselnuss entzwei; Kiek und Miek aber waren besorgt um ihre Kleinen, die hatten zuviel Pfefferkuchen gegessen, und ihr wisst, liebe Kinder, das tut nicht gut!

Damals in Danemarla

„Erzähl uns eine Geschichte!", Jonas rutscht auf der Bank in der Küche hin und her und blickt seinen Großvater ungeduldig an. Es ist der Heilige Abend und die beiden Kinder warten darauf, dass der erlösende Ton des Weihnachtsglöckchens erklingt, der meldet, dass das Christkind da gewesen ist. Dann wird sich die Tür zum weihnachtlichen Wohnzimmer öffnen und … Herbert hat dies schon so viele Male erlebt und dennoch ist es immer wieder ganz besonders. Jetzt für seine Enkel, damals für seine eigenen Kinder und ganz früher war er es selbst, der zusammen mit seinem Bruder Julius auf diesen geheimnisvollen Moment gewartet hat.

„Opa!", Lena zerrt am Ärmel seines Hemdes, das er zur Feier des Tages angezogen hat, und das um seine schmalen Schultern und dünnen Arme weite Falten wirft. „Eine Geschichte! Von früher!"

„Also gut", Herbert räuspert sich noch einmal und setzt sich aufrecht hin.

„Damals in Danemarla, als die Nächte noch tiefdunkelblau waren und die Sterne tausendfach am Himmel funkelten, als Julius und ich noch Kinder waren, so alt wie ihr jetzt. Da trug sich etwas Seltsames zu am Weihnachtsabend.
Wir saßen in unserer Küche und warteten gespannt auf das Weihnachtsglöckchen, so wie ihr jetzt.
Da hörten wir ein Geräusch an der Küchentür.
Ihr müsst wissen, unsere Küchentür war gleichzeitig die Hintertür. Die Nachbarin kam tagsüber dort herein und auch unsere Freunde klopften hier, wenn sie uns zum Spielen auffordern wollten.
Aber heute war doch der Weihnachtsabend. Wer könnte da nur klopfen?
„Macht die Tür auf, lasst mich rein!", rief es da von draußen. Die Stimme kam uns bekannt vor, aber wer sollte das sein? Mutter und Vater waren in der Stube und warteten auf das Christkind. Unsere Freunde feierten den Weihnachtsabend mit ihren Eltern. Nein, am Heiligen Abend läuft niemand draußen herum, den wir kennen. Da waren wir uns einig.

„Julius, Herbert, macht die Tür auf!“, rief es dann wieder, diesmal unfreundlicher.
„Der kennt ja unsere Namen“, wisperte ich Julius zu.
„Das ist nur ein Trick. Wir dürfen niemanden reinlassen, hat Mutter gesagt“, flüsterte er zurück.
„Na, wird's jetzt bald!“, donnerte es da von draußen und derjenige, der dort stand, pochte heftig an die Tür. „Lasst sofort euren Vater ins Haus!“
„Unser Vater ist in der Stube! Wir machen nicht auf!“, brüllte Julius zurück. Mutig geworden ergänzte ich laut: „Das kann ja jeder sagen. Wir lassen niemanden rein!“
Angelockt von dem Geschrei in der Küche stand plötzlich unsere Mutter vor uns. Sie stemmte beide Hände in die Hüften und sah von einem zum anderen. „Was macht ihr hier für einen Lärm am Heiligen Abend! Ihr vertreibt noch das Christkind.“
In dem Moment polterte es an der Tür, noch lauter als zuvor.
Mutter öffnete und hielt sich beide Hände vors Gesicht. Und da sahen auch wir den Mann im Schnee. Es war tatsächlich unser Vater. Er bibberte vor Kälte, denn er trug

keinen Mantel, keinen Schal und an seinen Füßen nur Pantoffeln, aber in den Händen hielt er ein großes Paket. Sein Atem machte Wölkchen, so kalt war es, aber sein Kopf, der war hochrot.
„Na endlich!", brüllte er und stapfte an uns vorbei in die warme Küche. Mit unserer Mutter sprach er kein Wort.
Etwas verspätet klingelte das Glöckchen des Christkinds in diesem Jahr und wir wurden hineingelassen ins Weihnachtszimmer. Der Christbaum strahlte und duftete ganz wunderbar. Das Christkind hatte uns eine Werkbank gebracht. Sie steckte in einem großen Paket.
Viel später fragten wir unseren Vater, was er am Heiligen Abend in der Eiseskälte ohne Mantel und Schuhe draußen gemacht habe.
„Das Christkind hat mir den Weihnachtsstern gezeigt", antwortete Vater so knapp, dass wir uns nicht getrauten, weiter nachzufragen.
Ja, so war das, damals in Danemarla, als die Nächte noch tiefdunkelblau waren und die Sterne tausendfach am Himmel funkelten", endet Herbert seine Erzählung und sieht nachdenklich in die Flamme der dicken Ker-

ze. Die beiden Kinder links und rechts von ihm sitzen andächtig da. Ob sie überlegen, was ihnen das Christkind bringt? Oder was ihr Ur-Großvater aus Danemarla damals am Heiligen Abend in der Kälte gemacht hat, mit einem großen Paket in seinen Händen? Ganz leise berührt da nun ein sanfter Ton die Ohren der Kinder und des Großvaters. Das Weihnachtsglöckchen klingelt. Jonas und Lena springen auf, die Tür des Weihnachtszimmers öffnet sich und der Christbaum funkelt in seinen schönsten Farben. Herbert seufzt.

Holger, Knabe im lockigen Haar

Weihnachten wird viel gesungen in Familien überall auf der Welt. Vielleicht beginnen wir mit einem der berühmtesten Verhör-Fälle, nämlich Rudolph, the red-nosed reindeer, hierzulande bekannt als Rudolf Rotnase, das Rentier.
Da heißt es im Text des Liedes, Rudolf habe eine leuchtende, geradezu glühend-rote Nase gehabt – und weiter:

"All of the other reindeer
used to laugh and call him names ..."

Also: Alle Rentiere lachten und spotteten über ihn. Viele amerikanische Kinder aber hören Jahr für Jahr:

"Olive the other reindeer
used to laugh and call him names ..."

Also gibt es da nur ein anderes Rentier namens Olive, das den Rudolf hänselt. Der Fall ist so berühmt, dass Vivian Walsh und

J. Otto Seibold ein schönes Kinderbuch verfasst haben, in dem ein kleiner Hund namens Olive die Hauptrolle spielt. Olive hört das Lied und kommt in eine Identitätskrise, fühlt sich als Rentier angesprochen und bricht zum Nordpol auf, um sich für die Rentierherde des Weihnachtsmannes zu bewerben …
So gehört Olive in eine Reihe mit den vielen anderen Wesen, die aus Verhörern entstanden sind, „Gladly, the cross-eyed bear“ zum Beispiel, Gladly, der schielende Bär, der seine Fantasie-Existenz dem Kirchenlied Gladly, the cross I'd bear verdankt. Und „Round John Virgin“, dem dicken John Virgin, der dem englischen Text von Stille Nacht entstammt, in dem es heißt:

"Silent Night, holy night
all is calm, all is bright
round yon virgin mother and child ..."
(„Stille Nacht! heilige Nacht!
Alles schläft, einsam wacht
Nur das traute heilige Paar ...“)

Im deutschen Text des Liedes fühlte sich einst Holger, der kleine Bruder von Herrn D.

aus Mainz, sogar persönlich besungen. Er hörte Jahr für Jahr:

„Holger, Knabe im lockigen Haar
Schlafe in himmlischer Ruh'!"

Das Holde ist als Wort dem Kind nun einmal ebenso fremd wie die Gnade, weshalb sowohl Herr K. aus München als auch Herr P. aus Trier berichten, in ihren Familien sei die Zeile von der „Gnaden bringenden Weihnachtszeit oft als „Knaben bringende Weihnachtszeit" aufgefasst worden, was nicht ganz ohne Logik ist, bedenkt man noch die Post von Frau K., die von einer Freundin ihrer Mutter schrieb, die plötzlich abends ihren fünfjährigen Sohn beten hörte: „Maria, du bist voller Knaben."

Wie es im Himmel zugehen mag, davon machen sich viele Kinder gerade zu Weihnachten ein eigenes Bild. Zahlreiche Leser schrieben, sie hatten bei Ihr Kinderlein kommet statt „Hoch droben schwebt jubelnd der Engelein Chor" gehört:

„Hoch droben schwebt Josef den Engeln
was vor."

Wohingegen im Hause der Familie F. in Stadthagen jedenfalls das Christuskind nicht schwebte, sondern ... Die Eheleute F. berichteten in einem gemeinsam unterzeichneten Schreiben, ihr vierjähriger Enkel Carlo habe das Alle Jahre wieder so vorgetragen:

„Alle Jahre wieder
kommt das Christuskind
auf die Erde nieder,
wo wir Menschen sind.
Kehrt mit seinem Segen
ein in jedes Haus,
geht auf allen Vieren
mit uns ein und aus."

„Wie alle frommen Seelen wissen, muss es heißen: „Geht auf allen Wegen ...", schrieben Herr und Frau F.
Aber das muss man uns ja nicht erzählen.
Dr. P. aus Greifenberg schrieb: „Unser Sohn Martin, Heiligabend 1962, knapp drei Jahre, fragte, als wir nach der ersten Strophe von Ihr Kinderlein kommet Atem schöpfen wollten: `Wieso eigentlich in Beethovens Stall?´"

Welch' seltsame Personen an welch' seltsamen Orten da den Kindern zu Weihnachten gegenübertreten – und wie sie aussehen!
Da ist der Herr Rodes, der in Wahrheit Herodes heißt – Frau H. aus Bischofsgrün berichtete von ihm. Da ist die Julia, die in Kirchen so oft mit herzlich lautem „Hallo Julia!" gegrüßt wird, jedenfalls verstand die Enkelin von Frau M. aus München das „Hallelujah!" so. Und da ist der bekannte Gottessohn Owi aus der Stillen Nacht:

„Stille Nacht, heilige Nacht
Gottes Sohn, Owi lacht
Lieb aus deinem göttlichen Mund ..."
Von dem erzählten viele.

Ja, und da wäre noch Herr K. aus München, dessen Vater in Am Weihnachtsbaume, die Lichter brennen die Zeile „ ... kein Auge hat sie kommen seh'n" Jahr für Jahr sang als: „... kein Auge hat sie und konnte seh'n."
Herrn W. aus München wollen wir nicht vergessen, dessen kleiner Bruder im Alter von fünf Jahren zwei Zeilen in Leise rieselt der Schnee immer missverstand. Im Original heißen sie:

„In den Herzen ist's warm
Still schweigt Kummer und Harm."

Der Bruder hörte:
„In den Herzen ist's warm
Still schweigt Kummer und Darm."

In die Reihe von Olive bis Holger gehört auch noch der Schuldi, den Frau H. aus Bonn, Herr E. aus dem Münsterland und Herr W. aus Bergisch-Gladbach unabhängig voneinander am Ende des Vaterunsers entdeckten:

„Und vergib uns unsere Schuld
Wie auch wir vergeben unserem
Schuldi gern."

Auf Englisch heißt das:
„Forgive us our trespasses …"
Aber es gibt im Angloamerikanischen viele
Menschen, die immer verstehen:
"Forgive us our Christmases ..."

Nun stimmen wir ein in den Gesang der kleinen Annalena aus München, deren Großmutter, Frau S. aus München, berichtete, sie habe vor Jahren am Heiligen Abend so laut und schön gesungen:

„Oh Tannenbaum, oh Tannenbaum,
wie grinsen deine Blätter.
Du grinst nicht nur zur Sommerzeit,
nein, auch im Winter, wenn es schneit."

(Entnommen aus: Axel Hacke/Michael Sowa, Der weiße Neger Wumbaba, ©Verlag Antje Kunstmann GmbH, München 2004)

Das vertauschte Weihnachtskind

Klein-Elsbeth war fünf Jahre alt und hatte es recht gut auf der Welt, denn erstens brauchte sie noch nicht in die Schule gehen, zweitens hatte sie in der schönen, großen Wohnung der Eltern ein eigenes Zimmerchen für sich, das voll niedlicher Möbel war, darunter ein Schrank ganz voll Spielsachen, und drittens hatte sie immer Unterhaltung, nämlich ein Fräulein, das immer bei ihr war und sich mit ihr beschäftigte, weil Papa meistens im Geschäft war und Mama viel schlafen und Besuche machen musste. Wenn aber recht schönes Wetter war, durfte der Kutscher aufspannen, und dann fuhr sie mit Fräulein spazieren.

Na, der Kutscher! Den mochte sie zu gern. Der war immer so spaßig, und wenn er Besorgungen gemacht hatte, brachte er ihr immer was zu naschen mit.

Ihr einziger Kummer war, dass sie kein Brüderchen hatte, so eine richtige lebendige Puppe. Im ganzen Haus war sie das einzige Kind, auch Doktor Krauses im oberen

Stock, die noch nicht lange eingezogen waren, hatten keine Kinder. Aber lieb war die Frau Doktor, Elsbethchen durfte manchmal zu ihr hinaufgehen mit Fräulein, und dann spielte die Frau Doktor ganz richtig mit ihr, als wenn sie auch ein kleines Mädchen wäre.
Weihnachten kam heran, und eines Abends erschien – rate mal wer? Der Knecht Ruprecht.
Fräulein hatte schon vorher gesagt: „Wo nur der Knecht Ruprecht bleibt? Kommen wird er sicher. Wir müssen uns nur überlegen, was wir uns zu Weihnachten wünschen, damit wir ihm das sagen können." Das war nun eine wichtige Sache. Es war denn auch eine ganze Liste zusammengekommen, Fräulein hatte alles aufgeschrieben, und Elsbeth hatte ihren Namen und die Straße und Hausnummer drunter schreiben müssen, Fräulein hatte ihr die Hand geführt.
Und nun stapfte es vor der Tür, gerade, als Fräulein das Märchen vom ehrlichen Laubfrosch erzählte, und die Tür ging auf, und herein kamen Apfel, Nüsse und eingewickelte Bonbons, und hinterher der Ruprecht. Er brummte wie ein Bär durch seinen weißen Bart und sprach beinahe so wie Hein-

rich der Kutscher, Elsbeth musste beten, und dann sollte sie sich etwas zu Weihnachten wünschen. Da holte Fräulein den Zettel für Elsbeth und auch ihren eigenen, und der Ruprecht ging damit ab.

Elsbeth war ja nun sehr befriedigt, und Fräulein half mit auflesen; auf einmal aber schrie Elsbeth: „Fräulein, Fräulein –!“

„Was denn?“

„Ich habe was vergessen.“

„Was hast du denn vergessen?“

„Ich will ja ein kleines Brüderchen haben, das ist die allergrößte Hauptsache. Hole doch den Ruprecht noch einmal!“

„Schade, der ist aber schon weit fort. Weißt da was? Wir schreiben an ihn. Die Post weiß gewiss seine Adresse; er wird wohl mehr Briefe bekommen.“

Das war ein Trost. Fräulein nahm Papier und Feder, und Elsbeth musste diktieren.

„Lieber Knecht Ruprecht! Entschuldigen Sie, wenn ich störe“ - so sagte nämlich Fräulein immer zur Mama - „ich wünsche mir am allermeisten ein kleines Brüderchen, bitte, bitte! Es grüßt Sie Ihre Elsbeth.“

„Die Adresse schreibe ich dazu“, sagte Fräulein, „und die auf das Kuvert auch.“

„Die Marke darf ich lecken, nicht?"
„Für den Ruprecht braucht's keine."
Aber Elsbeth wollte lieber sicher gehen und ließ nicht nach, bis eine Marke aufgeklebt war; und nachher war sie sehr energisch dagegen, dass Minna, das Stubenmädchen, den Brief in den Briefkasten trug. Fräulein musste mit ihr über die Straße gehen und sie heben, so dass sie den Brief selber einstecken konnte.
Fräulein lachte heimlich. Der Briefkasten gehörte nämlich nicht der Post, sondern einem großen Kohlengeschäft. Die Leute würden sich dort schön wundern!
Darauf gingen die beiden wieder Äpfel, Nüsse und Bonbons zusammenlesen.
Der Tag zu Heiligabend war gekommen und Klein-Elsbeth in wahrem Fieber vor Erwartung. Das Brüderchen musste doch sicher kommen; bis jetzt hatte der Weihnachtsmann immer alles gebracht, was sie sich gewünscht hatte. Wenn bloß der Brief richtig angekommen war!
Papa und Mama wussten natürlich von dem bevorstehenden Familienzuwachs. Elsbeth war anfangs dafür gewesen, sie zu überraschen, aber sie hatte doch auf die Dauer ihr

Geheimnis nicht bei sich behalten können. Und Mama hatte gesagt: „Es ist nur gut, dass ich es weiß, da muss ich doch Steckkissen und Windeln instand setzen."
„Aber das sage ich dir, Mama, es ist meins!" hatte Elsbeth sehr entschieden gesagt. „Dass du mir's nicht etwa nachher fortnimmst und sprichst, es wäre deins!"
„Ei, wo werde ich denn," hatte Mama geantwortet.
Nun war's draußen dunkel, in der Gegend des Wohnzimmers allerlei Getrappel und Gemunkel. Elsbeth, die atemlos mit Fräulein in ihrem Zimmerchen wartete, hörte es und trippelte wie ein Irrlicht herum vor Ungeduld. Draußen läuteten die Glocken. Und endlich klingelte es.
„Fräulein, schnell –!"
Da war die Weihnachtsstube, mit Papa und Mama und dem Weihnachtsbaum und lauter Herrlichkeiten auf Tischen und Stühlen. Und die Eltern, beide lachten ganz glücklich: „Sieh doch dort, Elsbethchen, das ist deins, was der Weihnachtsmann dir gebracht hat."
Aber die großen Kinderaugen von Klein-Elsbeth suchten, suchten, und das Gesichtchen wurde immer kläglicher –

„Wo ist denn das Brüderchen?"
„Ja, denke dir", sagte Mama, „das ist nicht gekommen!"
Aus Elsbeths Augen kullerten Tränen.
„Der Ruprecht!", nickte sie. „Das ist schon so einer. Jetzt freue ich mich beinahe gar nicht."
„Ja", meinte Papa, „wir müssen ihn nächstes Jahr einmal fragen, ob er denn deinen Brief nicht bekommen hat."
Nun half da ja nichts; Elsbeth musste sich mit den anderen Sachen zufrieden geben, und das ging ja auch, denn sie waren wirklich sehr schön.
Nachher wurden der Friedrich und das Stubenmädchen und die Köchin und die Jungfer von Mama gerufen, die bekamen auch ihren Teil. Die Köchin kam zuletzt und war ganz aufgeregt und sagte: „Gnädige Frau, bei Doktors oben ist ein kleiner Junge angekommen."
Klein-Elsbeth stieß einen Schrei aus. „Ein kleiner Junge? Mama, Mama, das ist meiner. Der ist falsch abgegeben!"
Und mit blitzenden Augen stand die vor der Mutter, ganz Aufregung.
„Ja, das kann man doch nicht wissen", sagte Mama bedenklich und blinzelte zu Papa hin.

„Doch“, rief Elsbeth, „ich habe ihn doch bestellt, Doktors brauchen doch gar keinen. Bitte, bitte, schicke doch hinauf und lass ihn holen. Tante Doktor gibt ihn mit gewis, das weiß ich. Ich habe ihr auch erzählt, dass ich ein Brüderchen bestellt habe.“

Die Köchin und die Zofe und das Stubenmädchen lachten, aber Papa sagte ernsthaft: „Na, heute wollen wir's nur oben lassen, es wird natürlich sehr müde sein und erst mal ordentlich ausschlafen wollen.“

„Aber ich will's doch sehen!“, rief Elsbethchen. „Fräulein, komm doch nur mit, wir wollen hinaufgehen.“

„Heute nicht, sei artig, Elsbeth“, entschied Mama.

Elsbeth stieß ein Schluchzen aus und stampfte mit den Füßen auf. „Ihr seid schlecht, ganz schlecht seit ihr ...“

„Elsbeth –“ sagte Papa mit strengem Ton, den kannte sie schon, da war nicht gut Kirschen essen mit ihm. „Unartigen Kindern nimmt der Weihnachtsmann alles wieder weg, das weißt du. Natürlich das Brüderchen auch.“

Sie ging zu ihren Sachen, weinte noch eine Weile still vor sich hin ...

„Morgen ganz früh gleich gehen wir hinauf, nicht?“, sagte sie zu Fräulein, als die sie zu Bett brachte.

„Ja freilich.“

Sie lag noch lange mit offenen Augen, lächelte manchmal glückselig ... In aller Frühe klingelte es bei Doktors. Als das Mädchen öffnete, stand Klein-Elsbeth da, hochrot im Gesichtchen, sagte gar nicht „Guten Morgen“, sondern bloß sehr bestimmt: „Ich will mein Brüderchen sehen. Es gehört nämlich mir.“

Sie war dem Fräulein durchgegangen, das noch mit Haarmachen zu tun hatte.

„Das ist deins?“, fragte das Mädchen erstaunt. „Ich denke doch, das ist der Frau Doktor ihres.“

„Nein, das habe ich mir bestellt, es ist bloß falsch abgegeben. Und ich will mir's holen.“

„Na, das glaube ich nicht, dass sie dir das herausgeben“, meinte das Mädchen. „Ich will mal den Herrn fragen, ob du es sehen darfst, es wird gerade gebadet.“

Sie ging fort, und statt ihrer kann der Doktor. „Morgen, Elsbethchen. Na, willst du's sehen? Dann komm mit. Aber es ist richtig unseres, verlass dich drauf.“

„Ja wohl, ihr wollt mir's jetzt bloß nicht geben. Ich hab mir's bestellt und ihr nicht!"
„Doch, wir haben auch eins bestellt."
„Aber Elsbethchen!", rief's unten, und Fräulein kam mit halbgemachten Haar die Treppe heraufgeflogen.
„Du lügst!", rief die Kleine in leidenschaftlicher Erbitterung. „Du sagst bloß so. Und jetzt will ich's gar nicht sehen ..."
„Entschuldigen Sie das Kind, Herr Doktor", sagte Fräulein. „Meinen herzlichen Glückwunsch! Es ist so ein merkwürdiger Zufall ..."
Elsbethchen war schon auf der Treppe, und jetzt war Fräulein bei ihr und meinte: „Wir schreiben noch einmal an den Ruprecht, da werden wir ja erfahren, wem es gehört."
„Ja, aber gleich", nickte Elsbeth entrüstet.
Nun saßen sie – sie hatten noch gar nicht gefrühstückt; die Eltern lagen noch zu Bett – und Elsbeth diktierte, und Fräulein schrieb:
„Lieber Knecht Ruprecht! Ich bin sehr traurig" ...
Auf dem Korridor ging die Klingel. „Das wird die Post sein", sagte Fräulein und legte die Feder nieder, „ich will erst einmal nachsehn."

Sie ging und kam wieder mit dem Postboten, der trug eine große Kiste, nickte Elsbethchen zu und meinte schmunzelnd: „Da kommt was für das Fräuleinchen." Und Fräulein las auf der Begleitadresse und rief: „Elsbethchen, da steht: ‚Absender: der Weihnachtsmann'; da bin ich neugierig. Ich will gleich Werkzeug holen und öffnen."
Es stand aber auch etwas blau gestempelt auf der Adresse, davon sagte sie nichts, das hieß nämlich: Schucker und Kompanie, Kohlenhandlung.
Die Neugier, ehe die Kiste geöffnet war und ausgepackt wurde! Erst viel Holzwolle; und dann: eine Puppe, so groß, wie Elsbethchen noch keine gehabt – ein kleiner Junge!
„Ja, was ist denn das?" kopfschüttelte Fräulein und nahm einen Brief aus einem Kuvert, das dabei lag. Und dann schrie sie: „Denk doch nur an, der Weihnachtsmann schreibt an dich:
‚Liebes Elsbethchen! Der Knecht Ruprecht lässt dich schön grüßen. Er hat mir gesagt, du hättest dir einen richtiges lebendiges Brüderchen gewünscht. Aber die sind dieses Jahr schlecht geraten, und ich musste erst den Leuten eins bringen, die schon voriges

Jahr eins gewünscht und nicht gekriegt haben. Da hatte ich für dich keins mehr übrig und schicke dir dafür noch ein extragroßes, das zwar nicht lebendig aber sehr schön ist. Es grüßt dich der Weihnachtsmann.'"

„Dann ist's doch richtig", sagte Elsbethchen betreten, „es gehört Doktors. Ich freue mich gar nicht." Der Kohlenhändler, der den Brief an den Knecht Ruprecht in seinem Briefkasten gefunden, hatte sich den Spaß gemacht; davon aber erfuhr Elsbethchen nichts.

Noch am selben Tag aber war sie bei Doktors und besah das Brüderchen. Es war ein kleines, schrumpeliges Ding und quäkte grässlich. Ganz krebsrot und hässlich sah es aus.

„Weißt du", sagte sie zu Fräulein, als sie von Doktors die Treppe hinuntergingen, „jetzt ist mir's doch lieber, das ich das Brüderchen nicht gekriegt habe; das, was mir der Weihnachtsmann geschickt hat, ist viel hübscher und auch viel artiger. Das andere können Doktors behalten."

Der doppelte Weihnachtsmann

Ich muss ungefähr sechs Jahre alt gewesen sein, als ich anfing, nicht mehr so recht an den Weihnachtsmann zu glauben.
„Gibt es den Weihnachtsmann eigentlich wirklich?“, fragte ich Mama, als wir am Nachmittag gemütlich zusammensaßen und Weihnachtsschmuck bastelten.
„Du hast ihn doch oft gesehen“, sagte Mama. „Erinnerst du dich nicht an letztes Weihnachten, wie er hereinkam hier ins Zimmer, mit seinem langen Mantel und seinem weißen Bart? Wir haben doch zusammen Weihnachtslieder gesungen.“
„Jaja“, sagte ich. „Aber wie viele Weihnachtsmänner gibt es eigentlich?“
„Wie viele? Natürlich nur einen. Den Weihnachtsmann!“, sagte sie.
„Und der kommt auch zum Klaus?“, fragte ich weiter. Klaus war mein Freund. Er wohnte ein paar Häuser weiter.
„Ja, natürlich“, sagte Mama.
„Und zur Elke nach Paderborn auch?“ Elke war vor zwei Monaten mit ihren Eltern nach

Paderborn gezogen.
„Ja, zu Elke auch", sagte Mama.
„Und zu den Kindern in München und in Hamburg?", fragte ich.
„Zu denen kommt er auch!"
„Wie kann er denn am gleichen Abend in München und in Hamburg und in Paderborn sein?", fragte ich.
„Wie er das kann, weiß ich auch nicht", sagte Mama.
„Er kann es halt. Dafür ist er eben der Weihnachtsmann. Als Weihnachtsmann kann er vielleicht an zwei Orten gleichzeitig sein."
Damit waren meine Zweifel aber noch lange nicht verschwunden. Ich hatte sogar einen bestimmten Verdacht.
„Wieso ist Papa eigentlich nie dabei, wenn der Weihnachtsmann kommt?", fragte ich.
Mama tat erstaunt. „Ist er denn nie dabei?", fragte sie.
„Nein", antwortete ich. „Jedes Mal sagt er am Weihnachtsabend, er müsse noch was erledigen, und dann geht er weg. Und gleich darauf kommt dann der Weihnachtsmann. Und wenn der Weihnachtsmann mit dir und mir Lieder gesungen hat und wieder weggegangen ist, kommt Papa zurück

und fragt uns, wie es denn gewesen sei mit dem Weihnachtsmann!"
„So ein Zufall!", sagte Mama. „Ich werde Papa sagen, dass er diesmal dableiben soll, wenn der Weihnachtsmann kommt."
Als Papa am Abend nach Hause gekommen war, hörte ich die beiden in der Küche halblaut miteinander reden. Ich ging leise zur offenen Küchentür, um zuzuhören.
„Du kannst es jedenfalls nicht mehr machen", sagte Mama gerade zu Papa. „Er hat etwas gemerkt."
„Aber wer denn dann?", fragte Papa.
„Vielleicht Robert?", sagte Mama. „Wir haben Robert doch sowieso zu Weihnachten eingeladen. Da kann er ja ..." In diesem Augenblick sah sie mich in der Tür stehen, brach mitten im Satz ab und sagte zu mir: „Du musst jetzt mal in dein Zimmer gehen. Wir wollen gerade etwas Wichtiges besprechen. Etwas, das nur die Erwachsenen angeht."
Damit schob sie mich in mein Zimmer, und ich konnte nicht erfahren, was die beiden wohl besprechen wollten.
Drei Tage später war Weihnachtsabend. Wir saßen im Esszimmer und warteten auf den

Weihnachtsmann. Und auf Onkel Robert. Onkel Robert war der Bruder von Papa. Er wollte dieses Weihnachten mit uns feiern.
„Wo Robert nur bleibt?“, sagte Papa und schaute auf die Uhr. „Er wollte doch schon längst da sein.“
„Es schneit. Vielleicht kommt er mit dem Auto nicht durch“, sagte Mama.
„Hoffentlich hast du nicht recht“, meinte Papa und schaute wieder auf die Uhr.
Wir warteten eine Viertelstunde, eine halbe Stunde, und ich fragte alle fünf Minuten, Wann denn der Weihnachtsmann käme. Aber er kam nicht. Und Onkel Robert auch nicht.
Papa wurde immer ungeduldiger. Plötzlich sprang er auf, ging aus dem Zimmer und rief uns im Hinausgehen zu: „Ich muss noch 'ne Kleinigkeit erledigen. Es dauert nicht lange, ich bin gleich wieder da!“
Ich fand es sehr schade, dass Papa gerade jetzt weg musste. Ich hatte Sorge, der Weihnachtsmann konnte vielleicht wieder gerade dann kommen, wenn Papa weg wäre. Und wirklich: Papa war kaum fünf Minuten aus dem Zimmer, da klopfte es an der Tür, und der Weihnachtsmann kam herein.

Es war wie jedes Jahr: Erst fragte er mich, ob ich auch immer schon brav gewesen wäre. Dann sangen wir zusammen „Stille Nacht", und dann gingen alle hinüber ins Weihnachtszimmer.
Nach einer Weile sagte Mama: „So, lieber Weihnachtsmann, jetzt hast du dir einen ordentlichen Schluck verdient, jetzt darfst du in die Küche gehen und was trinken!" Und der Weihnachtsmann ging in die Küche.
Kaum war der Weihnachtsmann hinter der Küchentür verschwunden, da hörten Mama und ich vom Flur her laute Schritte und Gepolter.
„Um Gottes Willen!", rief Mama, irgendwie erschrocken. „Nein, Robert ..." Da ging die Tür auf. Aber es war nicht Robert, der hereinkam, sondern der Weihnachtsmann. Weiß der Himmel, wie er es geschafft hatte, von der Küche aus in den Flur zu kommen! Vielleicht war er aus dem Küchenfenster gestiegen und zum Flurfenster wieder herein. Er kam direkt auf mich zu. Ich war so damit beschäftigt, meine Geschenke auszupacken, dass ich ihn gar nicht weiter beachtete. Schließlich hatten wir uns eben lange unterhalten und zusammen ein Lied gesungen!

„Na, willst du denn gar nicht aufstehen“, fragte der Weihnachtsmann mit tiefer Stimme und baute sich vor mir auf. Erstaunt stellte ich mich vor ihn hin.
„Nun, bist du denn auch immer brav gewesen?“, fragte er und schaute mich streng an.
„Das hab ich dir gerade doch schon gesagt“, sagte ich erstaunt.
„Wann gerade?“, fragte der Weihnachtsmann.
„Na, eben“, sagte ich. „Bevor wir zusammen gesungen haben.“
“Wann soll ich gesungen haben?“, fragte der Weihnachtsmann ganz ratlos.
Ich wusste nicht, ob er wirklich so vergesslich war oder ob er vielleicht einen Scherz machen wollte. Ich sagte mal überhaupt nichts.
„Was haben wir denn angeblich gesungen?“, fragte der Weihnachtsmann weiter.
„Na, `Stille Nacht, hei´ ...“ so weit war ich gerade gekommen, da schaute ich zufällig zur Küchentür hinüber. Und da sah ich etwas so Verwunderliches, dass ich aufhörte zu reden und mit offenem Mund staunte. Mama hatte doch recht gehabt! Der Weihnachtsmann konnte wirklich an mehreren

Orten gleichzeitig sein. Denn der Weihnachtsmann stand nicht nur vor mir, mit seinem langen Mantel und seinem weißen Bart, er stand auch gleichzeitig in der Küchentür, hatte ein Glas Wein in der Hand und schaute verblüfft zu uns ins Zimmer.
Als der Weihnachtsmann sich sah (oder muss man sagen: Als die Weihnachtsmänner einander sahen?), machten beide kehrt, gingen hastig aus dem Zimmer und klappten die Tür hinter sich zu.
Nach einer Weile kam Papa zurück. Und mit ihm Onkel Robert, der inzwischen auch eingetroffen war.
„Stellt euch vor, ich habe den Weihnachtsmann doppelt gesehen!“, erzählte ich ihnen gleich aufgeregt.
Aber sie gingen gar nicht darauf ein, sondern meinten nur, es sei höchste Zeit, dass wir nach all diesen Aufregungen mit dem Weihnachtsabendessen beginnen.
Was sie allerdings mit „Aufregungen“ meinten, ist mir nie ganz klar geworden. Denn schließlich waren Papa und Onkel Robert ja gar nicht dabei gewesen, als ich diese aufregende Weihnachtsmannverdopplung erlebte!

Quellenverzeichnis

Wir danken folgenden AutorInnen und Verlagen für die freundlich erteilte Abdruckerlaubnis:

Hacke, Axel Holger, Knabe im lockigen Haar, aus: Axel Hacke / Michael Sowa, Der weiße Neger Wumbaba, ©Verlag Antje Kunstmann GmbH, München 2004

Hacke, Axel Der Laden zur letzten Hoffnung, aus: Axel Hacke, Alle Jahre schon wieder, ©Verlag Antje Kunstmann GmbH, München 2009

Maar, Paul Der doppelte Weihnachtsmann, ©Rechte beim Autor

Schami, Rafik Wie der Weihnachtsmann einmal ohne Bart auf die Erde kam, © Rechte beim Autor

Leider war es uns trotz sorgfältiger Recherchen nicht möglich, alle Rechtsinhaber ausfindig zu machen. Für Hinweise sind Verlag und Herausgeberin dankbar.